FAMILIAS

Por Meredith Tax

Ilustrado por Marylin Hafner

Traducido por Leonora Wiener y Nancy Festinger

The Feminist Press
The City University of New York
New York

Published by The Feminist Press at the City University of New York
City College/CUNY, Wingate Hall
Convent Avenue at 138th Street, New York, NY 10031

Originally published in English as *Families*
First Spanish-language edition, 1998

05 04 03 02 01 00 99 98   5 4 3 2 1

Library of Congress Cataloging-in-Publication Data

Tax, Meredith
    Families. Spanish
    Familias / by Meredith Tax ; illustrated by Marylin Hafner ;
    translated by Leonora Wiener and Nancy Festinger
        p.   cm.
    New York, The Feminist Press, 1998.
        Summary: Introduces a variety of contemporary
        families, addressing such topics as divorce,
        stepfamilies, adoption, single parents, and gay and
        lesbian parents.
    ISBN: 1-55861-183-5 (pbk: alk. paper)
    1. Family — United States — Juvenile Literature
[1. Family. Spanish-language materials] I. Hafner, Marylin, ill.   II. Title.
HQ536 .T3918 1998   97039778
306.85 21   CIP
                                                 AC

This publication is made possible in part by the generosity of Helene D. Goldfarb, Joanne Markell, Rubie Saunders, Barbara Smith, Caroline Urvater, and Genevieve Vaughan.

Cover and interior watercolor by Cathy Ascienzo

Printed in Mexico by
R. R. Donnelley and Sons, Inc.

A Corey y sus amigos de Escuela Pública 75

—M. T.

A Nancy y Dave, familia, también

—M. H.

Me llamo Angie. Tengo seis años. Ahí va todo lo que sé sobre las familias.

Las familias son los que viven contigo y a quienes tú quieres. Vivo con mi mamá la mayor parte del tiempo y con mi papá en vacaciones. También tengo dos abuelitas y un abuelito y algunos tíos y tías y primos. Todos son de mi familia, pero no vivo con ellos.

Mi mamá y yo vivimos en un gran edificio en Nueva York. Tenemos un cuarto de lavado en el sótano. Yo ayudo a lavar la ropa: llevo el jabón y pongo la moneda en la ranura y doblo la ropa seca.

—Gracias, compañera— dice mi mamá, y me besa la nariz.

Mi papá vive en Boston con mi madrastra, Alice. Tienen un bebito que se llama Mickey. El es mi medio hermano. Tenemos el mismo papá pero mamás diferentes, así que es sólo medio, pero es tan bueno como si fuera completo.

Ayudo a hacerle eructar después de él tomar su biberón. El eructo suena tan fuerte como un cohete y me hace reír. Después Mickey sonríe también. Mi papá dice que es porque se siente mejor del estómago, pero yo pienso que es porque está contento de que yo esté allí.

Esta es la familia de un león: un papá, una mamá, y tres cachorros. Todos viven juntos en una jaula en el zoológico. Mi amigo George también vive con un papá, una mamá, y dos hermanos—pero no en una jaula.

Su hermano mayor, Gus, tiene nueve años. A veces nos deja jugar béisbol con él, pero nunca podemos batear. Soy el catcher. George dice que cuando su hermanito pueda andar, lo dejará ser el catcher, y entonces podré yo lanzar y George será el bateador. Digo yo que todos deberíamos compartir.

Esta es mi amiga Marisol, del colegio. Tiene una familia grande. Vive con su mamá, su tía Rosa, su abuelita y abuelito, sus hermanos, Carlos y Héctor, y su hermanita Mariana. Su papá y otra abuelita viven en Puerto Rico. Su tía Rosa trabaja en una fábrica de vestidos. Ella cose ropa muy bien, y le hizo un vestido de fiesta rosado a Marisol para su cumpleaños.

Cuando fui a la fiesta de Marisol, su tía Rosa miró la etiqueta de mi vestido y se puso a reír. Dijo que ella había hecho mi vestido también en su trabajo.

—Qué bueno que me lo hizo—yo dije—. Si no, no tendría nada para ponerme.

Marisol me enseñó a decir Hola en español.

Este es mi primo Louie. Es adoptado. Quiere decir que no vino del estómago de la tía Julie, sino que lo obtuvieron de otro lugar. Sin embargo, se pueden quedar con él para siempre. Louie es muy fuerte. Se rompió el brazo al caerse de un árbol y sólo lloró un poco. La tía Julie dice que ella ama todos los huesitos de su cuerpo y espera que no se los rompa todos antes de cumplir los diez años.

Estas son hormigas. Viven en una caja de cristal en mi colegio. Sólo hay una mamá hormiga, la reina, pero muchos papás y cientos y cientos de hormiguitas. Son tan pequeñas que casi no se pueden ver. Cuando era pequeña, yo pisaba las hormigas, pero ahora no lo hago porque sus familias pueden ponerse tristes.

¡Douglas tiene dos camas! Una está en la casa de su mamá y la otra abajo en la casa de su abuelita. El se queda abajo durante la semana porque su mamá trabaja de gerente en una panadería por las noches y su abuelita lo lleva al cole — gio por las mañanas.

Durante los fines de semana él se queda con su mamá, y ella lo lleva al patio de recreo y carga una bolsa grande de donas de la panadería para regalárselos a todos los niños. A mí me cae bien la mamá de Douglas.

Esta es Emma, la amiga de mi mamá. Vive con Arthur. No tienen hijos, pero a ellos les gusta que los niños les visiten. Tienen una colección de dieciséis pisapapeles con nieve cayendo dentro, y me dejan jugar con ellos. Yo trato de hacer que nieve en todos al mismo tiempo.

Aquí hay una familia de pollos. Viven juntos en un gallinero. Hay muchas gallinas, pero sólo un papá para todos los pollitos. Es un gallo.

Willie vive con su papá. Sabe coser los botones de Willie cuando se le caen, y prepara panqueques para Willie todos los domingos. ¡Invitó a toda nuestra clase a la fiesta de cumpleaños de Willie—veinticinco niños!

—Seguro estás bromeando—dijo mi mamá.

Pero él dijo que solamente se cumplen cinco años una vez. Había una torta grande cubierta de superhéroes porque Willie quiere ser un super- héroe cuando sea grande. Todos los padres ayudaron a limpiar después de la fiesta porque había bastante desorden.

Susie vive con su mamá y su madrina. La llevaron a la pista de patinar y ella ganó el premio por ser la mejor patinadora menor de doce años. El premio era un prendedor de plata en forma de un patín. Cuando le pregunté a Susie dónde vivía su papá, me dijo que no tiene papá.

Así que George dijo que él sería su papá. Entonces Douglas dijo que él también quería ser su papá, así que tuvimos que dejar que los dos fueran. Susie era la bebita y Willie era el hermano, y Marisol era la mamá. A mí me tocó ser la maestra. Los niños también pueden ser como familias.

Algunos perros tienen a la gente como familia. Sólo viven con sus propias madres cuando son bebés; después van y viven con gente. Pero cuando ven otros perros en la calle, tienen mucho interés. Una mujer en nuestro edificio tiene cuatro perros, pero no creo que sean hermanos porque se ven muy distintos.

A veces quisiera que mis padres vivieran los dos en la misma casa como los de George, o por lo menos en la misma ciudad. Pero él quiere ser como yo. Le preguntó a su mamá cuándo iba a divorciarse porque quiere ir solo en avión a Boston. Me dijo que no era justo. Así que le dije que podía venir conmigo si me dejaba andar en su bicicleta cuando yo quisiera.

Hay muchos tipos diferentes de familias. Algunas son grandes y algunas son pequeñas. Algunas son de animales y algunas son de personas. Algunas viven en una casa y algunas viven en dos o en tres.

Lo más importante no es dónde viven ni qué tan grandes son . . .

sino cuánto se quieren las personas entre sí.